이별이 올 때 봄도 오는 겁니다
이원하 시집

문학동네시인선 249 이원하

# 이별이 올 때 봄도 오는 겁니다

**시인의 말**

대한민국 헌법 제3조에 따르면
탈북민이
손에 꽃을 쥔다는 건

취득이 아니라
회복이다

2026년 4월
이원하

# 차례

# 1부

한발

# 세상이 나를 오려낸다

조수석에 앉아
가만히 끌려가는 삶이다

그칠 줄 모르는 요일과
머물 줄 모르는 시간 사이에서
암이 생길 것 같은 속이다

눈가에 가득해진
응애
농약을 분무해도
지워지지 않아 자글자글하다

숙련된 나무가
무성해지는 걸 보느라
입이 벌어진다
벌어진 입엔
종일 바람이 닿아서
먼지가 쌓이지 못한다

감정을 반값에 잘못 사왔다

이번 생엔
좋은 계절을

만나지 못할 것 같다

세상이 나를 오려내려 한다

기분이다
나도
마흔 편의 시를 버린다

## 나를 열어보고 싶은데 창문이 열리지 않습니다

어둠이
내게 입을 맞추고
조명을 분무하며
잠을 깨운다

갈라진 입술 위
건반을 두드리며
마음 쓰이게도 한다

어둠에 덧대기 위해
응애 자국까지 오려간다

미련은
빛에 허덕이다가
나를 놓친다

빈 몸으로
세상에 출력되는데
빈 몸에게
벌만 내려진다

수십 개의
창살도 내려져서

주변에 분진 날리는데
누가 계량한 분진인지
버스가
나를 못 보고 지나친다

손바닥에 선명해진 바큇자국

침묵은
거머리다

침묵이
거머리인 세상에서
물봉선을 찾아야 한다

**하늘에 말라붙은 구름**
**오늘은 삼월입니다**


뱃속 작은 새가 울기 시작할 때
북쪽에서 불어오는 냄새를 맡습니다
비릿한 바다 향 외엔
맡아지지 않습니다
이렇게
틀지도 않은 수도꼭지 아래서
힘찬 무언가를 기다립니다
바람개비 사이에서
유일하게 돌지 않으며 말입니다


눈동자가 뭉개지고
후각에 논란이 생기며
오갈 곳이 상실된 상태에서
도달하게 된
이곳은 파주입니다


유일하게 나를 받아주는 쪽이
북인지 남인지 모를 정도로
북에서 불어오는 기침에
온몸이 흔들리는 곳이지요


하늘에 새 띄우고 싶지만
얼레가 없어서

팽팽과 탄력을 구분하지 못하는 때입니다
괜찮습니다,
기대라는 걸 상실한 지
사 년이 흘렀습니다
기대 없이는
모가지에 호박씨가 걸려도 부드럽지요

낯설지만 조금 더 북쪽으로 향해보는데
내 앞길을 막아서는
수억 개의 비눗방울이 있습니다
뭉개졌던 눈동자가
유정란으로 변하는
현재는

삼월입니다

## 내일보다 먼저 오는 것은 새벽입니다

열한 명의 애인과
흑백의 곰,
그리고 수줍은 군인마저
떠나간 자리를 등지니
참매와 마주하게 됩니다

덩굴식물이 벽을 타지 못하고
지면에 흥건하니
마음 둘 자리가 부족합니다

아무도 걷지 않는 곳이니
전망대에는 평화만 가득합니다

남쪽으로 건너오는 길이
오르막길입니까, 내리막길입니까
북쪽으로 가까워지는 길이
오르막길인가요, 내리막길인가요

둘 다
아니겠습니다

개나리 심은 자리
노란 철길 뻗었으니

편편한 철길이겠습니다

기다리세요

잃어버린 나를 찾고 싶어
그곳에는 내가 있을까 싶어
책 위를 밟아나가듯 강물을 건너갈 테니
기다려주세요

독한 시장기가 돌아도
향나무 아래서 들숨으로 위기를 돌릴 테니
조금만 기다려주세요

## 벼락 맞은 소나무가 고개 숙여 인사합니다

참회와 속죄의 성당을 지나
수녀의 한낮 미소를 지나
벼락 맞은 소나무가 인사를 못 멈추는
구간을 지나
가슴에 초승달 박힌
앵무새를 만나러 가는 길입니다

마을에 가고 싶은 마음을
도시에 오는 것으로
달래는 겁니다
여기 언덕에 오르면
남산까지 훤히 보이는데
마을쯤 보이지 않을까 싶은 겁니다

벚꽃이 완성을 내려둬서
시야가 연못 같으니
뭔가 될 것만 같은 겁니다

앵무새 시리는
첫인사로 작별을 고합니다
여태껏 잘 보낸 사람만
국자로 퍼내도 될 정도니
누구든 떠날 사람으로 인식하는 겁니다

앵무새 시리를 덮은
새장을 벗겨낸 다음
마을로 먼저 보내주려 합니다

부리로 호두를 깰 수 있으니
북으로 넘어가는 길
불필요한 무기를 없애줄 것이고
숲보다 넓은 성량을 가졌으니
탄식을 청량하게 바꿔줄 것이므로

태어나 처음
먼저 떠나게 해줄 겁니다

## 과거는 쌀뜨물로 씻어도 씻기지 않습니다

구겨진 채로 떨어진 눈물은
때가 껴서
목마른 이끼도 마시지 않습니다
때가 긴 과거는
쌀뜨물로 씻어도 씻기지 않아서 버려집니다

표지에서 멈춰지는 책 때문에
공릉천에 와서 개망초를 펼치는 것으로
한을 풉니다
먹구름과 가까워지지 않으려
기러기의 비행을 모른 척하고
곤충을 잡아서
거미줄에 못 대신 박습니다

이래도
책이 펼쳐지지 않습니다
떼 지어 몰려다니는 낱장을
흐트러트리지 못하겠습니다

나의 할아버지는 책을 펴내시며
유서를 대신한 거라고 하셨습니다
먹고 자라지 못해
얇은 한 권이지만

하중을 견딜 물체는 어디에도 없습니다
누구의 탓도 적혀 있지 않지만
가슴에서 번번이
여러 잘못들이 되살아납니다
이제라도 잘해드리고 싶은 걸 보니
돌아가신 게 맞습니다

후회는 늘
높고 선명합니다

세상에서 제일 먼 곳은
하늘이 아니라
다음 생임을 깨닫습니다

## 눈앞에 거리와 시간이 묻어서 뿌옇습니다

하루를 완독한 순간에
탁하게 보이는
둥근 건
미끼고
눈물을 토해내지만
혼자고
만지고 싶지만
기본적인 것이 해결되지 않았습니다

탁하고 둥근 미끼를
당신과 반으로 나눌 순 없기에
물레를 돌려 미끼를 하나 더 빚습니다
물레는 처음 돌려보는데
당신이
나에게 도착해서 겪었을 두려움에 비하면
은은한 문제일 뿐입니다

시작은
내가 하지 않았어도
물레가 주어지는 일들이 있는 겁니다

그러므로 얌전히
물레 위 존재하는 미끼를

가갸거겨
고교구규
넓히면 되는 겁니다

미끼의 양쪽 볼을 잡고 내 방향으로 당깁니다
당장은 내 공간이 줄어드는 것 같지만
곧 세상이 넓어지는 일입니다
지면을 탄탄하게 다지기 위해
덧대지 않고 깎습니다
균형을 맞추기 위해
바로 서지 않고
뒤로 물러섭니다

핑계는 뒤틀고
답은 숨깁니다

숨기지 않으면
죽어가는 사람들이 지나치게 많아지기 때문입니다

# 한 칸 띄어쓰기 된 사이도 있습니다

십삼 년 만에
당신이 남긴 편지를 펼치고선
눈물 흘릴 자격이 없어
침만 삼킵니다
목에서 수챗구멍소리가 납니다

눈물은
눈을 통해서만 흐르지 않기에 다행입니다

하고 싶은 말들
가슴에 끼워넣습니다
잔바람에 씻어 말리기도 합니다
끊어지는 발길과 함께 끊어버리기도 합니다

우리의 화해가 더디다고 생각되는데
개화 기간이 길수록
향이 진해진다고 믿습니다

이팝나무에 가득한
군모,
나 파주까지 왔습니다

사람들이 말벌에 총살당하는 동네지만

후퇴하지 않고
똬리를 틉니다


편지에 적힌 한 문장 때문입니다
경계가 거품이 되면
당신 고향에 가서
소주 한 잔 뿌려달라는 부탁


은어와 담수어가
생육되는 곳
철도가 면내를 통과하는 곳


발이 천장에 빠지는 일보다
달이 아침에 박히는 일보다
어렵겠지만
생에 이뤄보겠습니다

## 내가 싫증을 무릅쓰면 세상이 나를 싫증냅니다

햇살이 흘린 진물에
이마가 찔리는 이곳은 호수공원입니다
시인이 되게 해달라고
원과 마주할 때마다 빌었는데
이제는
빌지 않습니다

바람이 꽃잎을 따다가
시구합니다

강렬한 시구에 놀란 숲이
참새를 뱉어내고
호수는 오리를 뱉어내고
뜨거운 원 아래서 모든 조류가 낮게 날아갑니다

내가 싫증을 무릅써서
세상이 나를
싫증냅니다
하여
혼자 호수공원에 앉아
시선을 과녁에 맞춘 채
다 쏴버립니다

햇살의 질긴 적극성과
은하수가 보낸 냉기와
가을날 썰어둔 남산과
빨갛게 도정된 일출을
몽땅 던져버립니다

다 비워냈으니
새롭게
채워봅니다

가장 먼저 채울 것으로 동행을 외쳐보는데

지나가는 사람이
풀벌레 운다고 합니다

## 마을이 나를 떨군 채 달아납니다

오돌토돌
거북이 밟으며 집을 나서지만
아무도 만날 생각이 없습니다
인생을 살긴 하지만
인간은 아닙니다
홍살문
통과되니 잡귀도 아닙니다

신삼문 앞에서
한참을 서성여도 문 열리지 않으니
신도 아닙니다
포기하고 달라지니
분단을 가로지르는 유일한 강물이 됩니다
만물에 긁히니
정체성은
첫 소절인 겁니다

첫 소절엔
이백만 개의 지뢰가 매설돼 있습니다
곳곳에서 상처받을 때마다
벌어진 상처를 지뢰로 메꿔서 그렇습니다

당신 얼굴도

지뢰밭입니다
낳아주신 이를 이십 년째
만나지 못하고 있으니
밤낮으로 눈에서 지뢰가 터지고
입에서는 액이 흐릅니다

당신 같은 이들과
동행하기 위해
정체성은 첫 소절
정체는
파주시 대성동이 됩니다

# 원래 이별이 올 때 봄도 오는 겁니다

노랗게 들끓는
금계국에 올라타
도착하게 된 곳은 대성산입니다

한숨이 아흔아홉 개가 되고
노을이 신체 일부가 돼서
금계국이 이룬 파도가
나를 이곳으로 이끌고 온 겁니다

추문과 미문이
귀를 막을 정도로 비명을 질러대는
장마까지
이끌고선 말입니다

대성산 연못떼는
산딸나무의 걱정스러운 뒤척임에도
찢어진 바람이 모래를 방치시킬 때도
어둠이 허리를 굽혀 교태를 부릴 때도
아흔아홉 개의 작살을 마음에서 뽑아낼 줄 압니다

작살이 빠진 자리는
복원을 꿈꾸는데요

우리에게 복원이란
주름보다 손쉽게 그어지는 문제고
손톱 끝으로 긁어지는 문제며
수증기 사이에서도 수련을 피워내는 과제이기에

그렇기에
수신되지 못할 꿈을 꾸는 겁니다

이별이 올 때
봄도 왔어야 했는데

과거가
봄을 빠뜨려서
그렇습니다

## 술이 뼈만 남게 됩니다

유채 사이에서 연꽃이 파닥거립니다
햇살이 정상을 눌러서
앙금이 삐져나온 것입니다

유채와 연꽃 사이엔
국경이 없습니다
따라서 눈만 시릴 뿐입니다

시리다는 감상평에
하늘이 단추를 채웁니다
덕분에 밤과 담이 명랑해집니다

좋은 징조인가 싶은데
재난 문자 쏟아집니다
내 생일인 것을 어찌 아시고 풍선을
보내온 것인가요

밤하늘이 뽀얘집니다

귀순을 뜻하는 만두피가 날아다닙니다
평양만두를 달무리처럼 빚는 탈북민은
달 같은 만두, 별 같은 만두 말고
이번 생에 가능하기나 했으면 좋겠다고 말하며

뜨거운 물을 올립니다

운치 좋은 건 모르고
눈치 좋은 것만 알면서 살아온
사람들입니다

총 맞은 자리에
미인점 생겼다며 미소 짓는 사람들입니다

넓은 미인점이
그늘 대신 드리워서
시원하다고 뿌듯해하는 사람들입니다

그늘로 이어진 국경에
밤새도록
술이 뼈만 남아도 무너지지 않는 사람들입니다

# 2부

두발

## 거울 앞에서 그대라는 명칭을 얻습니다

밤나무가 자생하고
부족한 인구를 채우고
국수 뽑듯 물줄기를 뽑아내는 수목원에서
그리움이란,

내게 빠져나간 지 오래된 감정입니다

굴곡의 원인은 모르고
쏠배감펭의 가시만
등에 타고난 상태입니다
치유의 숲에서 폭설을 맞아도 가시가 안 꺾입니다
원을 따라 걸어도 부드러워지지 않으니
작약이 새카맣게 타들어갑니다

꿈을 알아주는 사람이 등뒤에 없습니다

이렇게 비관적으로 변했습니다
전망대에 올라가
지도에 없는 다리를 건너는 사람들과
내게 상처 줘본 적 없는 사람들을 바라봅니다
이들에게 기대지 않을 테지만

기댈 수 있는 위치에 존재하는

장원종(壯元鐘)을 울리면
소원이 이루어진다기에
종은 울려봅니다

종은 울리고
우는 건
나입니다

여전히 희망을 챙겨주는 사람이 등뒤에 없습니다
그들을 등진 채
거울 앞에 섭니다

평생 나만 바라봐주는 사람이
여기에 있습니다

# 서툰 칼질은 징검다리를 완성시킵니다

얼마나 칼질이 서툴면
징검다리가 생겨나는 건지
난
건너가지 못합니다
못해서
숨가쁜 물줄기에 손만 갖다댑니다

땅으로 올라와 쉬어가면 좋을 텐데
비늘 가득한 물줄기는 잡히지 않습니다

올해는 일이 참 안 풀립니다

파랗게 피면 동정
노랗게 피면 지병
빨갛게 피면
지금
내 얼굴입니다

영영
좋은 날이 오지 않을 것 같습니다
얼마나 일이 안 풀리면
준공 예정일이 한참 지난
근린공원에 도착했으나

알이
돌입니다


꿈에선 꿈이라는 걸 깨닫는 순간 현실로 돌아오지만
현실에선 지독한 현실을 깨달아도
도달될 곳이 없어서
새벽과 수탉뿐입니다


근린공원 테두리만 돌고 있으니
읽을거리라곤 안전제일이란 푯말이 전붑니다
안전을 위해
일이 풀리지 않는 것이라면
한 대신
하해와 같은 마음을 품어봐도 좋겠습니다

## 힘차게 못질하면 칠월이 아픕니다

햇빛을 쐬지 못해 말라가는 별을
담쟁이 쓸어갑니다
칠월도 아닌데 무궁화가 담을 넘습니다
무궁화가
파란 이유에 대해

상현은
긴 시간을 떠듭니다

빨랫줄에 새순이 돋을 때까지
바닥에 눌어붙은 껌이 해고될 때까지
눈꺼풀이 만오천 번 광대를 두드릴 때까지
밀랍 초가 몽당연필만큼
낮아질 때까지
이야기를 이어갑니다

긴 시간이
향도 남기지 않고 떠나갔을 때

난
궁금합니다

담장을 지은 사람은 왜

파란 담장을
칠십 년도 못 가 무너지게 짓지 않은 걸까요

나였으면
진통에 시달리다가
무너져서
마중과 배웅 사이에
맞바람이 치도록 만들었을 텐데 말이에요

맞바람으로
잔재주 부리고
요령도 피우며
나비 대신
맨발의 돼지를 떠밀 공간을 마련했을 텐데 말이에요

## 내일의 나를 미리 구상하면 안 돼요

서쪽 하늘에서
헤엄치는 금붕어떼
가로수를 간지럽히는 새떼
어린 화분 잠재우는 떼구름
이국적인 야자수가
분필을 잡고 하늘에 글쓰는 이곳은
권력자가
공포가 눌러앉은 땅이라 부른 곳입니다

여기서 난
수직선으로 눕습니다
무섭기보단 잠이 몰려오는 곳입니다

왜 무섭다고 느끼는지 이해되지 않습니다
푸른 이파리 게양한
야자수는
워싱턴에서 온 것들입니다

워싱턴 야자수를
강 건너
마을에도 심고 싶습니다

귤 보고 담벼락에 핀 고름이라 부르고

수박을 허락된 악몽이라 부르며
바나나 껍질을 벗기면 여름이 되는 줄 아는
당신 고향에
워싱턴 야자수를 심고 싶습니다

물과 밥이 되기보단
당신과 몫을 지켜줄 식물이기 때문입니다

유일한 휴양이
이탈뿐이라
두려움이 앞서는 사람들 집 앞엔
소철 한 그루면
모자람 없고
밥상에 빗금만 가득할 리 없겠습니다

# 사랑은 약용 사람은 관상용

의견을 양보할 수 없습니다

사람은
관상용이 맞습니다
자유로운 그 자체를 감상하면
되는 겁니다

수명이 하루뿐인 원추리가
외유내강을
건널 때
붙잡는 사람
없지 않나요
바라보기만 할 거 아닌가요

떠나면
떠난 것이지
통제받을 대상이 아닌 겁니다

쌀알이
강물을 갈기갈기 분쇄하는 와중에
돌처럼 방치된 사람들 몸엔
속도라는 게 없어집니다

태양에 양파가 달아지고
탁구공은 볶아지고
양발은 따로 노는
흔들다리 위에서
나는 달걀 하나를 굴리며 소원을 빕니다

자유로 향하는 길에 숲보다 거미줄이 무성한데 이 무성한
끈을 끊어줄 관상용 생명이 파도치게 해주세요 상징처럼 머
물지 말고 근심처럼 오고가게 해주세요

소원을 새겨들은 하늘은

까만 눈을
뜹니다

**바닥을 치면**
**땅이 입을 벌려요**

입 벌리는 내내
소음이 끈적하게 흘러내려요
이때 원망스러운 건
바닥뿐이에요
파내도 문제
덧대도 문제라서 해결되지 못해요
공사판을 지나고
심학산에 다다르니
도토리전을 밟으며 걷게 돼요
이보다 고소하고 바삭한
존재를 만나러 태국에 가고 싶지만
목표를 접어둔 채
당신 편지에 적힌 소원을 이뤄주려
기록을 읽어내려가요
코끝에 김치가 묻는 내용에
손에서 학을 놓치게 되죠

올해 발간된 기록에 따르면
당신이 그토록 그리워하는 곳에선
사람들이 밤마다
옆집에서 소음을 훔쳐가진 않을까 걱정하며 살고요
만삭의 오리 뱃속에
한 알이 있다는 이유로 약물을 주입하는데

이십사 시간 뒤면 한 획이 태어나고요
최전방으로 밀려난 천냥금이 다쳐도
또 관목류의 맹장이 터져도
목류가 직접 전기를 끌어오지 않으면
수술받지 못하고 있어요 있는데
당신은 왜 이곳을 그리워하나요?

산을 오르는데
외줄이 타지고
시계꽃이 시간을 가늠하지 못해
영영
잃어버린 학을 되찾지 못하는
저곳이
그때 그곳이 맞나요

**아이가 책을 펼 때**
**아이는 토끼 가죽을 폅니다**


지나치게 잔인한 이야기라며
악몽이
오늘 꿈은 건너뜁니다


건너뛰고
서면으로 내용을 보내옵니다


파주에는 네잎클로버가 많고
파주 너머 북쪽에는
토끼 가죽이 넘쳐난다는 이야기입니다
파주 아이들이 교과서를 펼칠 때
북쪽 아이들은
토끼 가죽을 펼친다는 이야기입니다


상납할 토끼 가죽이 없어서
등교하지 못하는 아이의 아버지는
외화벌이하러 나갔지만
월급을 가져오지 못하는 해외 파견자입니다


해외에서 주는 봉급을
매달 독수리 수십 마리가 뜯어가니
메마른 손바닥에 고가철도만 깔립니다

해외에 머물더니
노란 물이 들었다며
나라의 환영도 받지 못합니다

견제는 사치고
환영을 바라는 건 지병이기에
눈 코 입이라도 챙기려고
깡통으로 뒤덮인 공동묘지를 건너는데
총구가 뒤통수를 향해 소리칩니다

붉은 벼가 쏟아집니다

서면만 남기고
달아났던 악몽이
다시 찾아와
한잎클로버까지 흔들어 깨웁니다

## 정지된 하늘에서 씨가 쏟아집니다


팔자 센
팔월


분수를 모르고 빗방울과 다투는 분수대를 지나
그리움만 쪼아먹는 새를 지나
손끝에서 흩어진 호두과자를 지나
이름만 아름답고 선뜻,
건너지지 않는 문발교를 지나
술 끊은 삼 년의 세월을 지나
말복을 향해 굴러가는 한낮을 지나
흰 오소리가 남긴 징조를 지나
이틀 뒤 사라질 영화관을 지나
머리에 달덩이 이고 유유히 존재하는 장릉을 지나
심학교 사거리를 지나
선배의 백 평 작업실을 지나
바스락거리는 한숨을 지나

고구마 크기의 뜬소문만 믿고
아름드리 잔나무와 오십팔 세 어머니만 놔둔 채
남쪽으로 향하는 최종 열차에 올랐을 당신의 과거를 지나
태형이 숨겨줄 옥수수밭을 지나
은수의 성난 눈썹을 고개 넘듯이 지나

이별이 올 때 봄도 오는 겁니다
문학동네시인선 249 이원하 시집
이별이 올 때 봄도 오는 겁니다
세상이 나를 오려내려 한다
희망이 그림자와 맞붙습니다
누구든 떠날 사람으로 인식하는 겁니다
시원하게 엉킨 미숫가루 한 잔 마시고
후회는 늘 높고 선명합니다
햇살은 맑아지나요
내일의 나를 미리 구상하면 안 돼요
나를 이해시킬 용기는 있나요?
문학동네시인선 249 이원하 시집 이별이 올 때 봄도 오는 겁니다

그 어떤 마당보다
장마당을 거니는 이들을 지나
손으로 수채화 문지르며

빛과 불은 세상을 밝히기에 부족하다는 현실을 지나
물과 어둠은 파고든다고 전부가 되진 못한다는 경험을 지나
땅과 산은 찔러도 피가 솟지 않는다는 사실과
쇠와 보석은 녹여줄 존재만 존재한다면 인생 편다는 사
실을 지나
체제를 벗어나
우울증 걸린 오후를 지나
달이 낳은 애달픈 별을 지나
살아생전
해평 윤씨 한 사람 데리고
누에가 푸르른 땅 밟아봤으면,
싶은 구심력 앞에 멈춰 서서
한 방향을 향해 성화를 겨눠봅니다

## 이 밤은 나를 솎아내지 못합니다

글피보다 먼 곳에서 들려오는 소리에
어두워지기 싫은데
밤은
나를 솎아내지 못합니다
불면에 시달리느라 꿈 대신
상상과 고민과 걱정을 꿉니다

밋밋한 동네
슴슴한 맛으로 살아가는 사람들이 신경 쓰입니다
그래서

햇살이 양푼에 가득해진 즉시
고열에 시달리는 땅을
양발로 짚어나가며 심학산에 도달합니다
실제로 마주한 심학산은
아버지 바지보다 까맣고
할머니 세월보다 두껍고
울퉁불퉁
할아버지가 뿜어낸 한숨보다 깁니다

심학산은
삼십칠 도의 날씨에도
흉터보다 진한 미소를 띠며

정치를 합니다
북에서 넘어오는 홍수를
매번 막아주던 장소인데 요즘은 할일이 없답니다
수염까지 밀지 않아서
지표면은 꺼끌꺼끌합니다

내 그림자까지 꺼끌꺼끌해지려는데
약천사에서 달려오신
불두화 한두 송이에
희망이 그림자와 맞붙습니다

시원하게 엉킨 미숫가루 한 잔 마시고
시원해진 말투로
외쳐봅니다

정제되지 않은 날것의
솔개와
깃털이 숱한 솔개가 심학산에 도달할 때까지
새롭게 찾아올 홍수를 받아주시겠습니까?

# 기침을 재고 처리하듯이 합니다

날 선 능선을 따라 흐르는 푸른 유리병과
푸른 청조는
여론에 따라 방향을 틀지 않습니다

파손된 별을 찾아
고개를 틀지도 않으며
풀밭에서 들려오는
옆구리 긁는 소리에 괜히 발끈하여
잣대로 편지를 쓰지도,
피사체를 향해 단추를 겨누지도 않습니다

단지 입막음하려고
전기를 끊으시다니요

솔직한 평가가 두려워서
일흔다섯 발에 달하는 기침을 쏘고
그중 한 발이
내 발등에 떨어지게 하시다니요

당신은 가녀린 자두보다 까맣습니다
말라버린 자두는 두려운 존재가 아니지요
얼굴 한번
찡긋하고 삼키면 해결될 일이지요

물론 쭈글쭈글한 자두가 존재하는 내내
매콤한 음식이 삼켜지지 않으니
뱃속 비문이 사라지지 않을 테지요

계절을 면전에 대고 이런 이야기는 좀 그렇지만,
망명해버린 봄은
돌아오지 않을 겁니다

회전하는 식탁에 음식을 올리면
찬밥도 돌고 돌기 마련인데
예지가 있으시다는 분이
한참이나 모르셔서
한참이나 식사가 끝나지 않습니다

# 몸은 몸뿐인데 벽은 벽뿐이고

해결되더라도
긴 시간 활주로는 창백할 겁니다
그럼에도
옆집에 사는 어린아이가
반딧불이 날아간 걸 모르고
전기가 끊겼다며 슬퍼하는 게 싫어서

대못을 들고
일만이천 번 사교에 파고드는 겁니다
파고들어간 청계천 다리 앞에서
뒤집힌 남산타워 앞에서
장벽 하나와 마주하고 서 있는 겁니다

이 거대한 장벽은
미래를 업고 늙어버린 탓에
마른 두께를 가지고 있습니다

난 몸뿐인데
장벽은 벽뿐이라
답답한 분위기가 탈주하지 못하고
탈주하지 못한 자리에
일만이천 개의 날카로운 봉우리만
도와달라며

손을 뻗고 있는 겁니다

평일보다 긴 일들이,
주말보다 무수한 이들이,
분노를 참지 못하고 새롭게 무너질 장벽이
외로운 겁니다 외롭다는 말에
행인은 빈손으로 지나갑니다
속닥거리는 변화에
힘을 덧댈 의지가 없는 겁니다

이해합니다

해결된다고 해서
당장
활주로에 핏기가 돌진 못할 겁니다

그럼에도
무사하지 않을 장벽을
무사하지 못할 것이라
곁눈질로 움켜쥐고 단념하지 말아야
하나쯤 되는 겁니다

## 감정은 남지 못하고 여름만 남습니다

창문 없는 감정에
태양의 심부가
녹아내립니다

목련은 피면서
듣는 귀가 많아집니다

명중을 쏘아올린 양손은
우리와
저들이
기약하게 만듭니다

기약하고 다짐하는 사이
어느새 목련이 만발하고

만발한 자리에
자연은 없고 사람만 삼만 명입니다

부르튼 입술에 돋은
화초를
더는 씹지 않아도 되는 삼만 명입니다

가족과 가족의

교차하는 두 관계가
갈등을 일으키지만
삼만 명과 가족은 싸우지 않습니다

삼만 명이
십만 명이 되면
사실상 표준이라는데

감정이 남지 못한 자리에
여름만 남는다던데

다들 어떻게 생각하는지 궁금합니다

# 3부

고발

## 괴로운 나무들이 한 대씩 태웁니다

괴롭지 않은 나무들도 연기를 내뿜습니다

장마에서 벗어난 사과밭,
발에 차이는 눈물들
울 일이 있나 싶은데
어린 남녀가
부모님 없이 결혼식 올리는 날입니다

모래알 너머로
딸이 결혼하는지 모르는 부모님과
아들이 어떤 여자를 만났는지
살아는 있는지 모르는 부모님이 안쓰러워서
사과가 바닥에 이마를 박습니다

풍문에 말라가는 아들 살리려고
동물원 맹수가 소유한 정설을 빼앗을 수밖에 없었던
딸이 사준 안목을
사과 대신 쥐기엔 흉해서
표고와 맞바꿀 수밖에 없었던

이별하기 전날
딸과의 마지막 단풍인 줄 모르고
딸이 해준 염색이 기쁘기만 하셨던

아들이 외지로 갔다는 소문에
양지 빼앗기고 음지로 쫓겨나신 부모님

올해도 풍작인데
고개 숙이며 사느라
허리가 굽은 채로 접혀버린 부모님

숨죽인 사연들,
가슴에 품은 이들은
평생 슬퍼하느라 수명이 길지 못합니다

술과 담배 모르고
소식하며 살아도
일찍
피어오릅니다

멀리보다 먼
천리에서
하늘을 뜯어내는 괴로운 새떼의
한 때문에

파주는 올해도

一　배추 농사만 잘됩니다

一

빤빤한 이마를 갖고 태어나
스스로 몸에 꼭 맞게 포장한 채
공기조차 드나들 수 없도록
혈액을 괴롭히다 멍투성이가 된

신념을 전파하려 하지만
아무것도 번지지 않고
가면을 벗으니 평범한 맛뿐인

한 그릇에 담을 수 없을 정도로 알알이 우박인데
먼 우주에서 보기엔
포말인 그 과일

나
그 과일
세습이라 못 먹어요

## 기운 내라며 손 대신 털을 내미네요

무릎과 발등에서 놀던 생각들이
뇌로 굴러온 바람에
복잡해집니다

단선 위에 유일한 한 가닥 솜털이 나입니다
혼자면서도 가운데 자리를 차지하지 못하는 나입니다
솜털은
세상을 향해 공약을 걸지만
아무도 듣지 않습니다
서쪽에서 밀어붙인 노을에 화상만 입습니다

국화 뜬 물길 따라
솜털 무성한 오리가 떠내려오는데
오리를 솜털로 받아드는데

놀랍도록 싫어서 놓치고 맙니다
가진 건 없지만
대물림받기는 싫은 겁니다

울음을 머리로 삼키니까
복잡한 머릿속에 얼룩이 생기는데
늘어진 얼룩이 필체 같습니다
숲 같기도 한데

숲이라면 수율이 좋은 숲입니다

하얀 간장을 여기서도 마시게 생겼는데
나 무서울 게 없습니다

완장 대신 솜털로 무장한 당신이
부리로 아무리 쪼아도
오리는 부리가 둥글다는 사실을
스스로 들여다보지 못하는 당신이
알기나 하시나요

무성한 솜털은 엎드리지만
나는
한 가닥인 덕분에
꼿꼿하게 서서
살아갑니다

# 또 말고 떠

하루살이 날갯짓뿐인
산에
나무보다 묘가 많은 건 이해해도

어리숙해서
얼음이 젖는 건 이해하지 못하고
자글자글 양떼구름 사이로
뱁새가 터를 잡는 것도 이해하지 못하고
지붕에 기와뿐인 것과
기름진 하늘에 전망이 있다는
당신의 의견도 이해하지 못합니다

숭늉뿐인 당신 피부도 이해하지 못하는데
모든 이야기가 장롱 밖으로 새지 못하는 것과
얼큰한 맛이 없다는 현실은 이해합니다
하지만
당신 가방에
돈도, 이야기도 없다는 사실은 이해할 수 없습니다

나를 이해시킬 용기는 있나요?
그 용기와 인사라도 하고 싶습니다

울면서 기도하면 안 이루어지죠

울지 않고 빌어야
하늘에 잘 뜨니까요
하지만 어리숙한 나를 울리는 일들뿐입니다

오봉산에 묘뿐인 것을 이해할 만큼
포기가 많아질 줄
파주에 발 담글 줄
알지 못했고
한때나마 꿈꾸었다는 사실이
무섭겠나요 자랑스럽겠나요

해답을 감추는
숭늉 같은 당신을
떠다 마시며 유추해봅니다

나쁩니다

누가 나쁜지 모른 채로 느낍니다

## 당신 곁에선 바람에도 익사합니다

피기 전에 잘리는데 어찌 시들까요
소리 내지 못한 건 맞지만
주검은 내가 아닙니다

먹을 게 없어서 쥐도 안 모이는 곳에
낯설어서 바람에도 익사할 지경인데
귤껍질로 그어둔 중앙선을
넘는지 안 넘는지 이십사 시간 감시당해도
주검이거나
주검이 될 운명은
내가 아닙니다

내가 하모니카 집에 머무는 것조차 아까워서
꽃 심는다는 핑계로 밥그릇 치우라는 당신이
다독임을 빙자해 사람을 흔드는 당신이
바로 주검입니다

이리저리 하늘 눈치만 보고
머리로 코앞을 재느라
유일한 습관이 생일 챙기기뿐인 당신

파란 하늘에 흩뿌려진 용지들도 자기주장을 하는데
중앙선 너머 상류천도 건너는데

여태 왜
당신 기분을 살피며 살았는가
나는 후회됩니다

밤은 와도
생일은 오지 않는 내 앞에서

상류천이 명품입니까,
명품이어야 도리죠
명품이니까 한번 걸쳐보겠습니다

말하는 당신
내게
사랑과 한정식이 아니라서 다행입니다

## 이 진주의 이름은 파주입니다

우뚝 솟은 입가가
파르르 떨리는
새벽
갈곡천은 밑천을 드러냅니다

끈적해진 봉암리에
서서
비무장지대를 뚫고 들어온 고라니와 대치합니다

고라니의 눈빛은
정오의 빛을 뜯어온 듯합니다
눈빛에서 풀벌레 울음소리 들려옵니다
찰랑거리는 울음소리 틈틈이
부패를 끌어안아 퇴색된 웅덩이가 느껴집니다

소름 끼칩니다

눈 마주치지 않으려고 손바닥을 펼치자
펼쳐진 여덟 개의 절벽 사이로
증언이 읽힙니다

가만히 서 있으면 구멍에서 변이 쏟아지는 부국강병에 걸
려 산속에서 발견한 쪽지를 따라 도주를 결심합니다 안전하

게 도주시켜준다는 중개자 말만 믿고 강을 건너는데 나 또
한 설탕 한 봉지 값에 팔려가게 됩니다 언어가 통하지 않고
사랑은 더더욱 하지 않는 상대와 살림에 임신까지 하게 됩
니다 모성애가 뭔지 모르는데 남편은 사랑하지 않아도 뱃
속 아기는 사랑합니다 깜깜한 봄도 봄입니다 차가운 온기
도 온기입니다

　해내야 하는 건 반송되지 않고 자리를 지키는 일입니다 하
지만 동네에서 나를 유심히 지켜보던 눈동자가 나팔을 들었
고 서리조차 일어나지 않은 새벽에 원점으로 끌려가게 됩니
다 이름만 들어도 가슴이 따뜻해져야 할 고향으로 말입니다

　이름만 들어도 가슴 따뜻해져야 할 고향에서 아가위꽃을
임신했다는 이유로 만삭인 내 깊은 곳에 장맛비를 쏟아붓습
니다 잠시 후 아가위꽃의 날카로운 첫 비명에 서리가 깨어
납니다 그들이 조용히 아가위꽃을 뒤집습니다 그리고 숨이
멎어가는 아가위꽃에게

　선고합니다

## 시월의 속지

는
얼음 한 알 삼키지 못한 듯합니다
밤이면
밤길조차 내게 면회를 오는데
연락 한 통이 없습니다

관계의 환생을 위해
깨밭에서 깨를 내리치는데도 고요합니다
입으로 경적을 울려도 마찬가지입니다

불길한 예감들
퇴근길에 빼앗겨서
도로에 단풍이 듭니다

약을 삼키면 왼편이 쓰리고
약을 뱉으면 오른편이 쓰립니다

해내고 싶은 일 많은데
순환되지 않으니
술에서 탄내가 납니다

속지로 가득한 술병이
나에게서 식욕을 느끼는 바람에

술이 나를 마십니다

아픕니다, 떠나갔던 혹이 찾아옵니다
심장 하나가 더 생긴 기분입니다
숨소리가 낫질보다 거칠어집니다

왜
그곳이
천국이고 희망이라고 했나요?

심보가 없는 나의 친구들
강물이 따뜻해지기만을 기다리고
출구가 없는 나의 가족들
강물이 얼기만을 기다리는데

마실 물은 없고
죽을 물만 넘쳐나는데

왜

## 동쪽의 동족

숨겨뒀던 의미가 사라져서 답을 맞히지 못합니다

도전이란 도전은 실패할 거란 암시가 되고
아랫니는 입을 다물 때만 필요한 표식이 되고
태양은 목화솜에 불과해집니다

곤충까지 칼춤을 추는 바람에 살 만하지 못하고
입장이란 게 없어야 하는 존재가 됩니다

적막은 창문 안에 갇히고
하룻밤은 결별을 부정하며
지붕은 반쪽만 남기를 희망하게 됩니다

한파가 국화를 사랑해서
모든 시기가 늦춰지고
나는
세 시간 작정할 힘밖에 남지 않게 됩니다

오후 다섯시가
일곱시로 넘어가도 도움이 되지 않습니다

입 벌린 행운에 손을 내밀어보지만
오랜 시간 방치된 행운은 떼어지지 않습니다

나는
비밀 처형 당하는 중입니다

뿌리까지 떨리는 계절에
뒷골목에 남아서
비행기 자세로 사과를 드렸는데도
인식으로도
개념으로도
존재하지 않게 됐다는 이유로

압핀을 대신해
동쪽에 꽂히게 된 겁니다

내가 아버지와의 추억이 흥건한 당신이었다면

뺨을 대신하려는 손바닥과
현실을 대신하려는 과거와
악수를 대신하려는 처벌까지
하다 하다 더는 용서할 게 없을 때까지
용서하는 존재가 되었을 텐데
말입니다

## 미소가 덧칠될수록 얼굴은 일그러집니다

발걸음이 더딘 탓에
답답했던 앞날이
내 손을 끌어당깁니다

종점에 다다르려면 한참 남은 걸 알면서도
까치발을 들고
올해를 시작해버립니다

눈물이 빽빽해집니다

삼십 년째 수도꼭지가 놓아주지 않는
물줄기입니다

물줄기를 손등으로 닦습니다
휘파람에
과자만큼 굳어져도 닦습니다

닦인 상태에서 바라본
내 얼굴은
상처의 급소를 발견하게 되어 실망한 표정입니다
급소를 가격한 뒤 방출된 진실이
침과 물의 차이라서 그렇습니다

천살이 꼬리를 내리면서
숨겨뒀던 문을 열어주는데요
문이 열릴수록
나는 멸종돼갑니다

멸종 직전이라
웃음만 맛볼 수 있는데
기권은 불가합니다

기권 없는 세상에 배치되어
하루는 궤적이 되고
하루는 도형이 되는데
천년의 배려로 약소한 생활비가 하사되는데
감격에 겨워 생활비를 확인하는데
배려가 실금 같습니다

이런 세상이지만
한숨은 내 몫이 아닙니다

올해가 얼른 가버리길 바라는데
구부러진 내일이
펴지지 않습니다

# 강 건너지 못하는 강

강물이 강을 건너지 못하고
연못이 입을 놀리지 못하며
우물이 해방되지 못하는
십이월이면
사람들이 이동을 시작합니다

추위가 맵고 짠데
얼굴도 이름도 모르는
사람들이 이동을 시작합니다

입김을 출산하듯 토해내며
이동하는 사람들은
나와 가족일지도 모릅니다

이맘때 노곤해진 유리문 뒤에는
쌀로 구운 빵 봉투가 쌓이는데
팽팽해진 바위 아래는
싸라기눈만 쌓입니다

친화력 없는 바위가
싸라기눈과 섞이지 못하고 도움을 청합니다
하지만

내가 속한 세상과 바위가 속한 세상이
달라서
대답을 주저하게 됩니다

발목을 잡는 백자는 이곳에도 존재하고
멸시하길 좋아하는 백자는
그곳에도 존재합니다

다만

난 바깥에 다녀오면
주저하지 않고
손 먼저 씻습니다

보글보글 주어지는 주권

주권이 있기에
창밖에 쏟아지는 눈을 보면서

눈이 아니라
별미구나

되뇝니다

## 햇살은 촛불이 아닌데 왜 까매지나요

햇살이 어디 있나요
햇살은 맡아지나요

나는
얼마인가요

심지로 주저앉는 바람에
촛농을 밟아서
감각을 잃어버린
내 존재는 콩나물입니다

구겨진 종이를 포기로 간주하고
심금을 울리는 맥박소리에 미약해지며
젊은 날을 입안에 가둬둔
내 존재는 콩나물입니다

당신에 의해
감춰진 상태로 세상을 살아가는
콩나물입니다

햇살 아래 쉬어가는 빛이 탐나는데
넋을 잃어 보기 흉하기도 한데
촛불처럼 볼품없기도 한데

마중나온 조약돌이 시끄럽기도 한데
항의할 입과 발이 없으니 콩나물이 맞습니다

가죽으로 뒤덮인 산을 오르내리고
죽음의 순간을 건너다가 되돌아오고
되돌아올 때 악어에게 먹히지 않았으므로
내 존재는 콩나물이 맞습니다

운이라는 단어는 들어본 적 없고
겪어본 적도 없으니
사람이 아닌 건 확실합니다

도대체 햇살은 몇시에 쏟아지나요
햇살이 쏟아지면
쏟아진 걸 어떻게 아나요

질문이 줄을 서자
콩나물이라는 확신에 도달하게 됩니다

도달한 곳에서 마주친 사람이
떠드는 소리를 듣습니다

"방금 곳에서

— 짐승 한 마리 건너왔습니다."

## 푸념은 헤엄칠 때 유유히

오른눈과 왼눈의 박자가
무너진 상태에서 바라본 세상은
기울어져 있습니다

기울어진 세상이 준비해준 밥상에는
지난밤
내 피를 빨아먹은 모기가 수북합니다
허겁지겁 모기를 씹어 삼키고
돈을 벌기 위해 기차에 올라탑니다
내 나이
산들바람입니다

이동하는 한 세월 동안 무풍이 발생하는데
죽어서도 살아서도 종착지에 도달되면 안 되는 이들을
세상이 벌판에 쏟아버립니다

들개가 와서 먹어치웁니다

모기를 먹지 않았다면
나 또한 벌판에 쌓였을 겁니다
먹으면 항문이 막혀서 죽고
먹지 않으면 항문이 열려서 죽는 진흙까지 말입니다

세상이란 존재에서
거름냄새 풍기는데
냄새가 눈부시게 따사롭습니다

먼저 눈감은 자는 버려주고
죽어가는 사람은 사채를 쓰게 만드는 세상은
건반보다 요란해진 내 손을 내리칩니다
치다
치다 먹다
먹는 것조차 지루해진 세상은
비둘기를 짜면 나오는 비명까지 먹어치웁니다

총을 쏘는 듯한
짜릿한 맛이라며 기뻐하는 세상을 바라보는 건
참을 만합니다만,
비명을 듣고서도 결사 옹위하라는 건
속이 뒤집힙니다

건반을 벗어나지 못하는 십이월에
열렬히
거북합니다

## 입이 열리자 철새가 끓어오릅니다

곡선과 최선을 비롯해
눅눅하게 젖은 온몸을 바쳐도
내 손에 쥐어지는 건 통증뿐입니다

상처와 손금을 비롯해
빗줄기 얽힌 발자국을 삼켜도
앞마당에 열매가 맺히지 못하는 새벽입니다
눈물만 째깍째깍
흐릅니다

깃발을 들고 꿋꿋해져도
개처럼 돌아다니는 눈물이 닦이지
않습니다 싫습니다

삼십 명이 넘는
친구들이 싫습니다

빨간 입술이 열리면 모퉁이 펼쳐진다고
무릎을 꿇는 친구들입니다
옆에서 나도 꿇으라는데
무릎이 굽혀지지 않아서 나만
토대가 무의미해집니다

친구들이 무릎을 꿇는 동안
입 열지 않던 빨간 입술은
수려하게 쏟아지는 눈을 보면서 입을 엽니다

눈 말고
돈으로 주세요

돈이 오가지 않으면
새해도 오지 못하는
이곳에서
그녀가
하늘을 향해
홰를 칩니다

## 한 사람의 검열 속에서
## 한 번 울어줍니다


선택한 건 아닌데
과자를 깨물며 바다를 건넙니다


바다를 품으면
바닷물이 될 것 같지만
그물망이 될지도 모르는 일입니다


땅을 품으면
흙이 될 것 같지만
구절초가 될지도 모르는 일입니다


떠드는 사이
오만을 떨던 바다가 쭈그러듭니다
곧 도달할 수 있겠습니다


나는 이쪽 출신이라는 이유로
구별되며 살아왔습니다


지금도 한 사람의 검열 속에서
글쓰는 중입니다


나의 증인은 친족에게 상봉을 신청했지만
선정되지 못했습니다

파도가 옆 사람을 치는 소리에
울지도 못했습니다
그래도 괜찮아했습니다

질투와 열은 식어버리기 때문입니다
밤하늘은 하얗게 새버리기 때문입니다

한 사람의 검열 속에서
쓰면 쓸수록
교묘해지는 건 글입니다

바다를 품어봅니다
내 안이 터집니다

# 4부

세발

## 부화하지 않고
## 않을 한마디

차곡차곡 지어진 벽돌집에서
고운 꽃이 피도록
손톱을 세워서 배를 깨무는데
차도는 없고
인생의 반이 지나가고 있습니다

인생의 반을 바치는데도 왜
창문에 낀 먼지 하나 살피면 안 되는 건가요
시루떡을 깨물다가 친지를 아프게 하진 않았는지
과거를 들추다가 미련을 떨어뜨리진 않았는지
편지를 읽다가 근황을 놓치진 않았는지
확인하는 게
어째서 불가능한 건가요

전화와 전화의 입맞춤만으로
모두가 목숨을 거느라
심장이 갈팡질팡 흔들리는데
뱃속의 단단한 벽돌 때문에
음식이 소화되지 못하는데 왜
아무런 차도가 없고
가능해진 것들도 없는 건가요

한마디면 되지 않나요

그을음을 닦아낼 한마디면 되지 않나요
세월에 절여져 모호해진 그 한마디면 됩니다
공중에 풀어주면 점으로 찍힐 한마디면 됩니다

애타는 마음이
돌까지 부화시킵니다

돌과 벽돌도 부화시키는 사람들이
수천만 명에 달하는 곳인데
정작 한마디가 들려오지 않으니

내 인생이 반이나 지나갔고
불씨의 인생은 다 갔고
옆집 아이의 인생은
언제 끊겨도 이상하지 않을 노선입니다

답답합니다
숨은 텁텁합니다

갑진년 정축월 을미일에
말입니다

## 본성의 불씨를 구경합니다

여긴
누구에게도 의지해서는 안 되는 곳이야,
당부한 당신이
자력갱생을 주장한 당신이
밭과 짐승의 살점에 의지해
생명을 연장하고 있다는 사실과
동무들의 희생을 토대로 살아가고 있다는
사실을 알았을 때
나는 처음으로 웃음을 보였습니다

구멍 밖으로
바라본 세상은
좁습니다

영원히 구멍 안에서 살지
벗어날 시도를 할지
선택할 수 없는 것이 인생입니다

탈출한 곳에 희망이 있다고 떠드는 사람은
소수입니다

다섯 사람이 탈출하면
한 사람만 성공하게 됩니다

일곱 사람이 탈출해도
한 사람만 성공하게 됩니다
수십 명이 수십억을 지불해도
한 사람만 성공합니다

구멍은 다시
나를 사로잡습니다
내부에 갇혀 바라본 바깥은
자동차만 빼곡하여서
구멍을 벌리고 일어선 순간 죽어버릴 것 같습니다

벗어난다는 게
벗어났다는 게
벗어나진 건지
비로소 내부로 들어오게 된 건지
모르도록 교육되어 있습니다

그러므로
오늘도 강 건너 불만 구경합니다

본성의 불씨를 구경합니다

## 수초가 통뼈를 두드리는데
## 와닿는 게 있을까요

신년 인사를 나눴을 뿐인데
이름을 바꾸게 됩니다
나를 포함한 수많은
현우들이
개명하기 위해 집밖을 나섭니다

이십 년이 넘도록
현우로 살아왔는데
개명하라는 그녀의 명령에
법보다 돈이 통하는 곳에서
돈도 소용없다며 개명을 강요당합니다

돈은 없어서
유일하게 소유한 숫자인
시력을 내밀려던 참이었습니다

시력을 잃고 받아온 이름이
마음에 들지 않습니다
이름만 바뀐 건데
성을 잃은 것처럼 사상이 달라집니다

외다리로 선 햇살 때문에
과일이 썩어나는데

드디어 제 몫이 생기나봅니다

이십 년을 지켜온 이름이
삼 초 만에 사라지다니
다른 나라는 더 심하다는데 맞나요?

여긴 장미도 색을 스스로 정하지 못하는 곳입니다
푸드덕거리는 날개는 쓸모가 없는 곳입니다
책을 펼치면 작은 돌들만 굴러다니는 곳입니다

이름을 되찾는 날은
오지 못할 것입니다

누나는 색을 잃은 날입니다

잠든 누나의 발목 옆에서 자세를 취해봅니다
아무도 우릴 담아주지 않지만
전부 잃은 날을 기념해봅니다

타의로 다시 태어난 날을 축하하며

문을 닫습니다

## 한 가지와 셋이 다투면 될까요


나른해진 한숨이
주저앉습니다
세상 밖에
세상이 있는지 궁금합니다

꽃집에서 꼿꼿이된 불안이
진동하는 걸 보면서

영화를 본 적 없지만
영화에 나올 법한 집을 상상합니다
막차를 타본 적 없는데
이별을 예견할 때면 분주해지는 것과 같습니다

당신을 포함한 셋은
나선으로 다가와
내 머리를 싹둑싹둑
네,
쓰다듬습니다

당신을 포함한 셋은
나의 집을 빼앗으려 합니다
살갑고 다정한 사람들처럼 말입니다

그러면서
당신을 포함한 셋은 묻습니다


금값을 받을 테냐
헐값을 받을 테냐


태어나 금값은 들어본 적 없기에
익숙한 단어를 선택합니다
남은 인생을
익숙한 단어로 온 가족을 먹여 살려야 합니다


허벅지까지 두드리며 웃어대던 셋은
헐값을 내밀며
고깃국과 흰쌀밥,
나를 먹일 소리를 해댑니다
나를 위하는 소리입니다


경험담입니다만


나를 위하는 소리는
타자의 입에서 나오지 않습니다

## 눈먼 소음이 나만 공격합니다

공간이 공간답지 못하고 나침반 같습니다
자세를 틀면 기세가 달라진단 말입니다
가시만 입맛에 맞아서 가시만 먹어치웁니다
매사에 날카롭게 대처하지 못하면 안 된다는 말입니다

봄이 아닌데 사월을 강요당합니다
초대를 받고 온 건데
계약에 얽매여 벗어나질 못한다는 말입니다

창가로 걸어가기만 해도
땀을 닦기 위해 팔을 들기만 해도
시선을 좌우로 돌리기만 해도
멀쩡한 존재로 간주되어 왜곡이 시작됩니다

공간이란 왜 살아서 숨을 쉬나요
공간이란 왜 얇은 막에 불과한가요
나를 세상 밖으로 꺼내지 못하고
왜 뵈지 않는 낱알을 씹게 만드나요
씹는다고 깎는다고 새롭게 시작할 수 없는데
왜 해내게 만드나요
상한 음식 먹인 뒤엔
왜 탈 나지 말라고 싸늘한 죽을 먹이나요

당신의 처방은
미신보다 못합니다

계약 아래 계약 위에
권리는 어디에 뒀나요

감정은
고장날 때만 작동하고
찢어질 때만 움직입니다

아직도 내가 가시만 입맛에 맞는 줄 아시나요
기가 막혀서 눈꺼풀이 걷습니다
주먹은 엉켜서 풀어지지 못합니다
가시라도 삼켜야 면할 수 있는 게 뭔지 모르시나요

## 꽃을 쥔다는 건 취득이 아니라 회복입니다

여름이 당도한 줄 모르고 가시를 세우는 장미밭
저 깊숙한 곳에
주인이 나타나지 못하는 황구의 사체를 비롯해
수많은 동물의 사체가
파묻혀 있습니다

영양이 풍부한 덕인지
장미가 사시사철 꽃을 피워댑니다

싸울 땐
불보다도 셉니다

단풍의 용도를 모르고 장미에만 의지해 살아가는
당신의 뒷모습
옆모습
앞모습을 보고 있노라면
사유지에 몰래 들어왔어도 웃음을 키우게 됩니다

아지랑이 못지않게 말입니다
장미에 정신이 팔려서
당신은 사시사철
웃음에 포함된 내 하소연을 듣지 못합니다

황구보다 귀가 안 좋은데
어떻게 황구만 파묻힌 건지 모르겠습니다

식탐을 술로 토해내는 당신의 뒷모습
옆모습
앞모습에서 두 사람이 겹쳐 보입니다

둘이 맞다면 낮아질 것이고
하나라면 벗어날 것입니다

나

올해는 보란듯이
날씨가 추워진 뒤에
홉꽃을 딸 것입니다

## 자멸은 아프지 않을 수 있나요

손톱에 미사여구를 바른 당신이
자꾸만 갈라지는 미사여구가 불편한지
손톱을 긁고
긁다가
뒷집 마당에서 쏟아지는 나를 발견합니다

닭을 처단하라는 앞집 마당의 지시에
미사여구로 치장한 당신은
양손에 검지가 잘려나간 당신은
나에게
까치옷을 입힌 뒤
주삿바늘을 불에 달구기 시작합니다

근육까지 뼛속까지
주삿바늘이 뜨거워지자
내 목구멍 속으로 찔러넣기 시작합니다

비명에서 파편이 튀고
의견이 잠잠해집니다

압니다

치장과

불합리가
당신에게 공리인 것을요


분쇄된 상태로 도착하게 된 곳은
임계점입니다


앞집 마당에서 뒤를 돌면
뒷집 마당이 앞집인 것을
미사여구에 파묻힌 당신이 알았을 리 없습니다


모순에는 네 개의 각이 있어서
한 번은 찔려야 한다고 주장하느라 몰랐을 겁니다


자멸하면 얼마나 아픈지 계산하느라
놓쳤을 겁니다


자멸할 때 아프지 않기를 희망하시나요?


희망은
헌법을 친구로 뒀는데 희망하시나요

# 긴 여정의 끝

지시가 적힌 시험지를 받습니다

소금물의 장점을
서술하시오.


방랑하는 자연을 사회의 일원으로 받아주며
두 다리를 담근 순간부터 가족을 만나지 못하게 하며
반짝이는 소금은 빛을 잃고 물이 되게 하며
흔들바위는 포위하여 흔들거리지 못하게 하고
밥그릇과 접시는 닦을 일 없게 하며
먹은 게 없이도
흙길과 돌길을 걷다가 멈추지 못하게 하며
멈춰지더라도
자퇴라는 제도가 없으니 내일도 걷게 합니다


무릎은 굽힐 용도로만 사용하게 하고
사회에 온몸을 바치게 하며
건강은 열외로 두게 하고
나눔으로 인해 주머니가 가벼워지도록 애써주며
친구가 익사하면서 찾아낸 보석은
타인의 몫이 되게 하고
장미는 꺾지 아니하되
진달래는 덮치게 합니다

세상의 중심에 서지 못하도록 배려해주며
호흡은 집에서만 가능하게 하고
시행착오 끝에 갯벌을 마주하게 하며
가진 게 없는 김에
원망도 소유하지 못하도록 해줍니다

산소 한줌에 염치 없어 먹는 자유를 허용해주고
강아지가 분뇨로 창출해낸 이윤을
나라에 보탬이 되도록 해줍니다

복지 혜택은 왼뺨으로 받게 해주고
통제 안에서 노래할 수 없으니
온 동네를 고요하게 만들어줍니다

여기까지 적으니 몸에서 조갈이 나는데,
소금물에 온몸을 담그면
울분이 차오른다는 사실을 알게 하여
영광됨을 느끼게 해줍니다

짜디짜서
울어도 세상이 모르게 해줍니다

실패라는 개념을 삭제하여
앞으로도
김치가 순백으로만 존재하게 해줍니다

## 우리에 대해 떠드는 사람이 그쪽에 없나요

사람이 선하게 보이는 건 착시입니다
낙엽이 밟히면서 지저귀는 건 환청이고
사랑을 가르치는 건 방황인데

내 뿌리인지도 모르면서
지켜주고 싶은 마음이 드는 건 뭘까요

타국에 팔려가면서
소와 돼지보다 비싸게 팔려간다고
환하게 웃는 그녀를
끌어오고 싶은 마음이 드는 건 뭘까요

긴 시간 아무도 잡아주지 않는 손을
어둠이 잡고 놔주지 않는 별을
잡아당기고 싶은 마음은 뭘까요

도둑질과 몸 팔기 중에
어느 것이 도덕적으로 나은지 물어보는 그녀를
신분이 없어서 죽으면 길가에 버려질 그녀를
그녀들을,
유인하고 싶은 정신은 뭘까요

살길이 이것밖에 없지만

노인에게는 팔려가기 싫어서
매를 맞다가
앞이 보이지 않고
소리가 들리지 않고
공기가 마셔지지 않는 어린 소녀를
지옥에서 건져내고 싶은 마음은 뭘까요

당신은 왜
과거에 대해서만 떠드는 건가요
과거에 대해 떠들면 후회만 더듬게 되는데
현실을 교체하면 후회를 우회하며
많은 걸 변화시킬 수 있는데
왜
과거에 대해서만 회의하는 건가요

지옥에서 탈출하면 지옥으로 가게 될 줄 알았지만
아닙니다 모두가 지옥이라 부르는 그곳은
그래도 그녀에게 추억의 장소이고
부모가 사는 고향이고
고민되는 땅이며
못해본 도리를 마음껏 할 수 있는 방향입니다

그래서 유일한 소원이 만일인데

초면인 그녀 앞에서
나도 만일을 소원이라 외치게 되는 이 현상은 뭘까요
착시도
환청도
방황도 아닌 무엇일까요

자정에 태어난 이상
해결해야만 하는
크나큰

구실,

아닐까요

## 자유가 없어서 희망은 시한부입니다

오늘
태어난 아기가
성인이 되는 날엔
환희가 남아 있지 못합니다

때문에 한시라도 달라져야 하는데
손써볼 양손이 철거되고 있다는 소식을
듣게 되니
벽의 존재가
표납니다

금기어로 선정된 남쪽 축구 선수의
경기는 볼 수 없고
구십 분 경기가 육십 분밖에 방영되지 않으며
그마저도 사 개월 전에 열렸던 경기만 시청할 수 있는
저 편성표가 믿기지 않아서
셔츠의 목이 늘어납니다

매체로도 만날 수 없는
관계가 된 건데
자유가 없다고 손톱을 세우기엔
나에게도 자유가 부족합니다

입속에 혀를 둘 자유
손안에 또다른 손을 둘 자유
구겨진 결말을 펴볼 자유가
나에게 없습니다

자유가 없어서
희망은 시한부입니다

환희가 사라진 자리는
새로운 환희가 될
플라밍고가 채웁니다

미리 찾지 못한
492번 플라밍고의 증언을 들어봅니다

"나는
희망이 죽은 자리에서 살다가 왔습니다.

슬퍼하지 마십시오.

희망이 죽은 자리엔
더 센
정신만 남습니다."

**혈연**
**자연**
**향연**
**다들 좋아하지 않나요**

사각지대는
상사 모르게 숨어서 과자 먹는 곳인 줄 알았습니다
동료 모르게 연애하는 곳인 줄 알았습니다
또는 아무도 모르게 실연을 삼키는 곳인 줄 알았습니다

식의주를
최대의 목표로 살아가는 곳인 줄 몰랐습니다

왜소한 몸으로 태어나면
특정된 마을을 벗어날 수 없고
거세를 당한 채
자손을 맞이할 수 없는 곳인 줄 몰랐습니다

뼈가 빵 같은 아이들을
방망이로 내리치고
부러진 방망이를 변상하라는 선생님이
흔한 곳인 줄 몰랐습니다

집안에서 벌어진 폭행은
집안에서 해결하라는 곳인 줄 몰랐습니다

법은 법전 안에서만 단단하지
현실에선 유연한 곳인 줄 몰랐습니다

돌아가신 나의 할아버지는
생전 고향 이야기를 들려주신 적이 없었습니다
밤마다 잠꼬대하시며 엄마를 부르짖기만 하셨습니다

호우를 보낸 곳에
호우를 맞는 이들이
우리와 가족인 줄 몰랐습니다

도대체 어떤 일들이 해결된 후에야
뒤늦게 가족을 돌볼 생각인가요

얼굴을 보면
손 한번 잡아보면
냄새 한번 맡아보면
하나임을 부정할 수 없는데

사각지대에서
피고 지는 연을
언제쯤 바라볼 것인가요?

# '우리'의 도래를 위한 서정의 가능성

김보경(문학평론가)

# 분단시의 서정적 전유

이원하의 첫 시집 『제주에서 혼자 살고 술은 약해요』(문학동네, 2020)를 기억하는 사람이라면, 이번 두번째 시집을 펼쳐보고 다소 놀랐을지도 모르겠다. 특유의 서정적인 경어체를 구사하는 한편 연애 감정이나 사랑, 자연과 자유를 다루거나, 청년 여성으로서 '나'의 목소리를 드러냈다고 읽히기도 했던 첫번째 시집*과 달리 이번 시집은 분단 문제를 전면에 다루고 있기 때문이다. 장르적으로는 분단시, 통일시, 전쟁시 등으로** 분류될 수 있을 이번 시집에 나타난 변화는

---

* 김행숙은 『제주에서 혼자 살고 술은 약해요』의 여성 화자가 '대상화된 여성성'을 욕망하는 시인의 의식이 반영되어 있다고 본 바 있다(김행숙, 「이 계절의 시집에서 주운 열쇠어들 2」, 『문학동네』 2020년 여름호, 416쪽). 한편 첫 시집의 해설을 쓴 신형철은 "무슨 유혹의 시가 아니라 오히려 그 반대일 수도 있다"는 관점을 제안하며 그의 시를 "자연에서 자유로"의 이행을 보여주는 시로 해석한다(신형철, 「자연에서 자유까지―웃는 사람 이원하」, 『제주에서 혼자 살고 술은 약해요』 해설, 128쪽). 청년 여성의 자기 돌봄이라는 관점에서 해석한 경우로는 졸고, 「'하는' 여성들」, 『문학동네』 2020년 가을호 참고.

** 진순애는 분단시, 통일시, 전쟁시 등의 용어 사용과 관련하여 분단시와 통일시를 넓은 의미의 전쟁시라는 관점에서 보는 연구사적 시각을 취한다(진순애, 「남북한 분단시와 통일시에 있어서의 평화의 정치성 연구」, 『비평문학』 26호, 한국비평문학회, 2007, 240~214쪽). 나는 이원하의 시가 분단 현실에 초점을 맞추고 있는

이원하의 시세계에 있어 낯설 뿐만 아니라, 근래 한국문학에서도 보기 드문 시도다. 분단이 장기화되며 통일이나 분단이라는 의제가 사회적으로 주목을 덜 받고 있거니와 관련 의제를 문학에서 직접적으로 다루는 경우는 점차 소수의 탈북 작가들이 주도해가고 있는 형편이다.

더욱이 탈북 문학이 대체로 당사자의 경험에 기반해서 북한 체제나 현실의 참상을 증언하고 고발하는 경향을 보인다는 점에 비추어볼 때 서정시라는 형식으로 분단 문제를 발화하는 이원하의 이번 시집은 더욱 낯설다. 몇몇 시로 미루어보건대 분단 전 북한에서 태어나 피란 등을 이유로 남한에 정착해 평생 고향을 그리워하며 살았던 할아버지의 죽음이 이 시들을 쓰게 된 직접적인 계기로 추정된다. 이때 이 시집에서 자아와 세계의 동일성을 지향하는 것으로 일컬어지는 서정시의 원리는 고향 상실, 즉 분단이라는 사태에 전유된다. 그의 시에는 자신이 일체감을 느끼던 세계로부터 분리되어 도달할 수 없게 된 세계를 희구하는 낭만적 아이러니의 정념이 지배적이다. 애초에 할아버지의 것이었을 이 정념은 시인에게 전염되어 다음과 같은 시들이 쓰이게 된 듯하다.

---

한편 통일 의지를 직접적으로 노출하지는 않으려 한다는 점에 비추어보아 분단시라는 용어를 사용하고자 한다.

나의 할아버지는 책을 펴내시며
유서를 대신한 거라고 하셨습니다
먹고 자라지 못해
얇은 한 권이지만
하중을 견딜 물체는 어디에도 없습니다
누구의 탓도 적혀 있지 않지만
가슴에서 번번이
여러 잘못들이 되살아납니다
이제라도 잘해드리고 싶은 걸 보니
돌아가신 게 맞습니다

후회는 늘
높고 선명합니다
　　—「과거는 쌀뜨물로 씻어도 씻기지 않습니다」 부분

올해 발간된 기록에 따르면
당신이 그토록 그리워하는 곳에선
사람들이 밤마다
옆집에서 소음을 훔쳐가진 않을까 걱정하며 살고요
만삭의 오리 뱃속에
한 알이 있다는 이유로 약물을 주입하는데
이십사 시간 뒤면 한 획이 태어나고요
최전방으로 밀려난 천냥금이 다쳐도

또 관목류의 맹장이 터져도
목류가 직접 전기를 끌어오지 않으면
수술받지 못하고 있어요 있는데
당신은 왜 이곳을 그리워하나요?
                    ─「바닥을 치면/땅이 입을 벌려요」 부분


돌아가신 나의 할아버지는
생전 고향 이야기를 들려주신 적이 없었습니다
밤마다 잠꼬대하시며 엄마를 부르짖기만 하셨습니다


호우를 보낸 곳에
호우를 맞는 이들이
우리와 가족인 줄 몰랐습니다


(……)


얼굴을 보면
손 한번 잡아보면
냄새 한번 맡아보면
하나임을 부정할 수 없는데


사각지대에서
피고 지는 연을

언제쯤 바라볼 것인가요?
　　　─「혈연/자연/향연/다들 좋아하지 않나요」 부분

　시적 화자는 할아버지의 죽음 이후 할아버지를 대신해서 그가 일평생 그리워했던 고향에 관해 쓴다. 그리움이 대상이 되는 공간은 서정적 아이러니를 발생시키며, 이는 맥락상 북한으로 특정된다. 이때 고향에 도달할 수 없는 건 분단이라는 현실적인 사태 때문만이 아니라, 고향이 현실 공간인 북한과 괴리된 관념적 공간으로서 실재하지 않는다는 이유 때문이기도 하다. 그리고 후자의 사실이 아이러니에 깊이를 더한다. 시적 화자가 할아버지의 소망을 이어받고 있지만, 이 둘이 서로 구별되는 것은 화자가 후자의 사실을 분명히 인지하고 있기 때문이다. 화자는 할아버지의 못다 이룬 소망을 대신 이뤄줄 수 있기를 희망하지만, 「바닥을 치면/땅이 입을 벌려요」에서처럼 할아버지가 그리워한 고향이 폭압적 정권에 짓밟혀 더이상 과거 혹은 할아버지가 머릿속으로 그려온 공간과 같지 않다는 사실을 안다.

　이처럼 이원하의 분단시는 "왜 이곳을 그리워하"는지 이해가 되지 않는 할아버지의 소망을 이해하기 위한 작업이기도 하다는 점에서 후세대 증언시로서의 성격을 지닌다. 전쟁이나 탈북을 직접 경험하지는 않았지만, 할아버지를 통해 분단의 트라우마를 간접적으로 경험한 시인은 후세대로서 시를 통해 북한의 참상이나 탈북민의 현실을 대리해 증언하고

자 한다. 이원하의 시 곳곳에서 시적 화자는 간접적인 경험의 주체라는 자기 위치를 인지한다. 예컨대 「마을이 나를 떨군 채 달아납니다」에서 화자는 "낳아주신 이를 이십 년째/ 만나지 못하고 있으니/ 밤낮으로 눈에서 지뢰가 터지고/ 입에서는 액이 흐"르는 "지뢰밭"같은 얼굴을 한 이를 '당신'이라 부르며, "당신 같은 이들과/ 동행하기 위해/ 정체성은 첫 소절/ 정체는/ 파주시 대성동이 됩니다"라며 '당신'과 '나'의 구별을 전제하고 '당신'과 같은 타자들과 동행하는 데서 자신의 정체성을 찾는다.

후세대 증언자로서의 위치성은 이중적이다. 전쟁이나 이산, 탈북을 직접 경험하지 않았기에 당사자는 아니지만, 앞선 세대의 증언을 통해 이를 추체험했다는 점에서 완전한 외부자도 아니기 때문이다. 이는 이번 시집에서 할아버지나 탈북민의 시선에서 쓰인 시들뿐만 아니라 남한에서 줄곧 거주해온 한국 국민으로서의 시선으로 쓰인 시들의 존재를 통해서도 확인된다. 가령 「아이가 책을 펼 때/아이는 토끼 가죽을 폅니다」는 그 위치성의 차이를 '파주'와 '파주 너머 북쪽'의 대비를 통해 드러낸다. 시의 전반부에는 "지나치게 잔인한 이야기"라는 이유로 '악몽' 대신 '서면'을 받게 된 상황이 그려져 있다. 이 서면의 내용 일부는 "파주에는 네잎 클로버가 많고/ 파주 너머 북쪽에는/ 토끼 가죽이 넘쳐난다는 이야기""파주 아이들이 교과서를 펼칠 때/ 북쪽 아이들은/ 토끼 가죽을 펼친다는 이야기" 등 '남쪽'과 '북쪽'의 대비되는 현실에 관한 것이다. '서면'은 화자 외부에 존재하는 객관적 대상인 문서라는 점에서, 참혹한 현실을 화자 자신이 몸으로 느끼고 체험하는 것에 가까운 악몽과 달리 북한의 현실에 대해 화자가 느끼는 거리감을 반영한다. 그런데 시의 후반부에서 결국 "서면만 남기고/ 달아났던 악몽이/ 다시 찾아"오게 된다. 이러한 '서면'과 '악몽'의 차이가 드러내는 분열은 화자의 위치와 '북쪽'과의 거리감에서 빚어지는 분열을 보여준다.

이원하의 시는 이처럼 할아버지, 북한 주민 및 탈북민으로 표상되는 이들에 대한 일체감에 더해 이 일체감은 분열된 것일 수밖에 없다는 자각이 결합해 서정적 아이러니를 강화한다. 이원하는 이 차이를 시적으로 형상화하는 한편, 동일성(그리고 이 동일성이 사회적으로 외화된 형태로서의 통일)에 대한 열망을 품는다. 가령 「우리에 대해 떠드는 사람이 그쪽에 없나요」에서는 이러한 이중적 위치성이 시 제목과 내용 사이의 괴리를 통해 드러난다. '우리에 대해 떠드는 사람이 그쪽에 없나요'라는 제목에서 '우리'라는 화자는 일차적으로 탈북민이거나 북한 주민으로 읽힌다. 그런데 본문은 타국에 팔려가는 북한 주민인 '그녀'를 구해주고 싶어하는 화자의 발화로 이루어져 있어서 '우리'라는 시어는 중의적인 의미를 갖게 된다. 이때 시의 본문에서는 화자가 "초면인 그녀 앞에서/ 나도 만일을 소원이라 외치게 되는" 현상, 즉 같은 소망을 품으며 '우리'가 되는 현상이 형상화된다. 이를 고려할 때 이 시의 본문은 제목에 대한 응답으로 서도 읽힌다. 말하자면 '남쪽'에서 북한에 대해 더 많이 "떠 드는" 수행적 실천을 통해 비로소 '나'와 '그녀'가 함께 '우 리'가 되어갈 수 있는 듯 말이다. 이같이 분열되어 있음에도 '우리'를 열망하는 태도는 이번 시집에서 이루어지는 서정 적 전유의 핵심적 동력이다.

## 경계적 위치성과 경계 허물기의 두 형식

이번 시집에서 반복적으로 제시되는 구체적인 장소들이 있다. 주로 '파주'라는 지명이 언급되는 한편 파주시 내 구 체적인 지명, 예컨대 공릉천(「과거는 쌀뜨물로 씻어도 씻기 지 않습니다」), 대성동(「마을이 나를 떨군 채 달아납니다」), 심학산(「바닥을 치면/땅이 입을 벌려요」 「이 밤은 나를 숨 아내지 못합니다」) 등이 호명되기도 한다. 파주는 북한과의 접경 지역으로서 시인이 직접 방문했을 것으로 추정되는 공 간인 한편 전술한 바와 같은 화자의 분열적·경계적 위치성 을 반영하기도 한다.

"정체성은 첫 소절/ 정체는/ 파주시 대성동이 됩니다"(「마 을이 나를 떨군 채 달아납니다」)라는 구절에서 명시되듯 파 주라는 장소는 화자의 정체성과 긴밀히 연관되어 있다. 가 령 파주가 남과 북 사이에서 "오갈 곳이 상실된 상태에서/

도달하게 된” 곳이자 “유일하게 나를 받아주는 쪽이/ 북인지 남인지 모를 정도로/ 북에서 불어오는 기침에/ 온몸이 흔들리는 곳”(「하늘에 말라붙은 구름/오늘은 삼월입니다」)으로 그려지는 데서도 이를 알 수 있다. 또한 「내일보다 먼저 오는 것은 새벽입니다」에서 “남쪽으로 건너오는 길”과 “북쪽으로 가까워지는 길”은 둘 다 “오르막길”도 “내리막길”도 “아니”라는 공통점이 있다고 묘사되는데, 화자는 그 사이 뻗은 “노란 철길”로 “잃어버린 나를 찾고 싶어/ 그곳에는 내가 있을까 싶어” 건너가려 한다. 화자의 정체성은 남과 북 어느 한곳에 고정되어 있지 않고 그 사이를 잇는 철길에 빗대어진다. 다시 말해 파주라는 장소는 남과 북의 사이에 서 있는 경계적 위치성과 둘을 잇고자 하는 화자의 의지를 반영하는 것이다.

이처럼 이 시집에서 시적 화자에게 잃어버린 ‘나’를 찾을 수 있을 것으로 기대되는 근원적 고향이 남도 북도 아닌, 그 사이의 공간으로 제시된다는 점은 강조될 필요가 있다. 화자는 할아버지와 같은 실향민들이 품었던 소망을 품고 있지만 실재하는 북한이 더이상 그 소망이 실현될 수 있는 공간이라 생각하지 않는다. 하지만 남쪽으로 내려온 탈북민이나 실향민들이 가진 고향에 대한 그리움을 외면할 수 없다. 도의적인 이유에서가 아니라 화자의 몸과 마음에 그들의 존재가 깊숙이 뱄기 때문이다. 이러한 이유로 화자의 그리움은 정처 없이 남과 북 사이의 공간을 헤맨다. 이 시집

에서 탈북민의 이동뿐만 아니라 화자의 이동, 특히 파주로
의 이동이 주로 형상화되는 건 어디에도 안착하지 못하는
그리움이 이동과 유랑의 형식으로 드러나기 때문이라 이해
해볼 수 있다.

　화자의 유랑이 정주할 수 있으리라 기대되는 근원적 고향
찾기를 목적으로 한 것이 아니라면, 파주라는 경계적 장소
를 떠도는 이유는 차라리 경계를 허물고 갈라진 두 영역을
잇는 데 그 목적을 두고 있기 때문일 것이다. 「이 밤은 나를
속아내지 못합니다」에서 "양발로 짚어나가며 심학산에 도
달"한 화자는 그곳이 자신이 생각했던 것과 다르다는 것을
발견한다. "아버지 바지보다 까맣고/ 할머니 세월보다 두껍
고/ 울퉁불퉁/ 할아버지가 뿜어낸 한숨보다 깁니다"라고 묘
사되는 것은 남과 북의 교류가 소원해진 것에 따른 결과를
비유한 것일 테다. 이는 "북에서 넘어오는 홍수를/ 매번 막
아주던" 심학산은 "요즘 할일이 없"어 "꺼끌꺼끌"해진 것
으로 묘사되는 데서도 엿볼 수 있다. 이때 화자는 "정제되
지 않은 날것의/ 솔개와/ 깃털이 숱한 솔개가 심학산에 도
달할 때까지/ 새롭게 찾아올 홍수를 받아주시겠습니까?"라
며 경계를 넘어 흘러올 "홍수"를 바란다.

　관련해 이번 시집에서 시인이 실향민이나 탈북민의 이야
기에 주목하는 점 또한 이들이 말 그대로 남과 북의 경계를
넘은 사람들이기 때문이다. 화자가 이들의 삶과 목소리를
대리해 재현하고자 취하는 형식은 크게 다음의 두 가지다.

끈적해진 봉암리에
서서
비무장지대를 뚫고 들어온 고라니와 대치합니다

고라니의 눈빛은
정오의 빛을 뜯어온 듯합니다
눈빛에서 풀벌레 울음소리가 들려옵니다
찰랑거리는 울음소리 틈틈이
부패를 끌어안아 퇴색된 웅덩이가 느껴집니다

소름 끼칩니다

눈 마주치지 않으려고 손바닥을 펼치자
펼쳐진 여덟 개의 절벽 사이로
증언이 읽힙니다
　　　　　　—「이 진주의 이름은 파주입니다」 부분

신년 인사를 나눴을 뿐인데
이름을 바꾸게 됩니다
나를 포함한 수많은
현우들이
개명하기 위해 집밖을 나섭니다

이십 년이 넘도록
현우로 살아왔는데
개명하라는 그녀의 명령에
법보다 돈이 통하는 곳에서
돈도 소용없다며 개명을 강요당합니다
　—「수초가 통뼈를 두드리는데/와닿는 게 있을까요」 부분


　위의 두 시는 각각 '증언 받아쓰기'와 '타자 되기'라는 서로 다른 두 형식의 예시에 해당한다.「이 진주의 이름은 파주입니다」 후반부에는 "도주시켜준다는 중개자 말만 믿고 강을 건"넜다가 인신매매를 당하고 임신을 하게 된 여성의 증언이 뒤따른다. 인용한 부분의 화자와는 다른 인물의 목소리가 증언의 형식으로 개입하는 이 시에서 화자와 증언자의 차이는 또렷이 새겨져 있다. 이는 인용한 부분에서도 잘 드러나는데, 이때 증언 받아쓰기를 요구하는 존재가 고라니라는 동물로 나타나고 있다는 점이 특징적이다. 고라니의 눈빛은 화자가 내심 외면했을지 모르는 진실을 정면으로 마주하도록 요구한다. 화자는 "눈 마주치지 않으려고" 그 눈빛을 피해보지만 결국 타자의 증언을 강제적으로 마주하게 된다. 고라니의 눈빛은 윤리적인 책임을 요구하는 타자의 얼굴로서 화자는 이에 대해 증언을 받아쓰는 행위로 응답한다. 이러한 응답으로 화자와 증언자 사이의 거리는 간

접적으로 해소된다.

반면 「수초가 통뼈를 두드리는데/와닿는 게 있을까요」는 화자가 '현우'라는 타자가 되어 발화함으로써 그 거리가 직접적으로 무화되는 형식을 취한다. 화자(현우)는 이름을 짓는 결정권조차 보장받지 못하는 사회를 살아가는 인물로, 한 개인이 자유와 기본권을 누리지 못하도록 하는 북한 사회는 "여긴 장미도 색을 스스로 정하지 못하는 곳"이라 상징적으로 표현된다. 「푸념은 헤엄칠 때 유유히」「입이 열리자 철새가 끓어오릅니다」 등의 시도 북한 주민 혹은 탈북민의 시선과 목소리를 취하며 쓰인 시로, "죽어서도 살아서도 종착지에 도달하면 안 되는 이들을 세상이 벌판에 쏟아버"리고는 "들개가 와서 먹어치"운다거나(「푸념은 헤엄칠 때 유유히」), "돈이 오가지 않으면/ 새해도 오지 못하는/ 이곳"(「입이 열리자 철새가 끓어오릅니다」)의 살벌한 풍경이 비교적 담담하게 묘사되는 가운데 화자의 저항적 의지는 선연하게 그려진다.

이러한 두 형식의 공존은 전술했던 바와 같은 화자의 경계적·분열적 위치성을 반영하는 것이기도 하다. 북한 주민, 탈북민, 실향민들과의 동일시는 북한이 고향일 수 없는 자신의 위치에 의해 애초에 불가능하다. 이원하의 시에서 이러한 위치성에 대한 자각이 더 강하게 작동할 때 그의 시는 증언을 받아쓰는 일로써 윤리적 책임을 다하고자 한다. 반면 동일시의 욕망이 더 강해질 때 그의 시는 그 불가능성이라는 한계 조건을 끌어안으며 타자 되기를 수행한다. 이 이중의 작업을 통해 과연 그의 소망대로 '통일'에 다다르는 것이 가능할까?


## '우리'의 회복을 꿈꾸기

좀전의 질문은 시의 프로파간다적인 쓰임의 가능성을 묻는 것도, 벤야민이 말했던 정치의 심미화에 관한 것도 아니다. 이원하의 시는 '문학(시)과 정치'라는 의제를 둘러싸고 이루어졌던 한국문학사의 오래된 논의를 다시 소환하며, 시를 통한 공동체 회복의 가능성을 묻고 있다. 그의 시는 직접적으로 통일을 명시하지도, 특정 이념을 옹호하려는 목적하에 시라는 형식에 대한 고민을 방기하지도 않는다. 독특한 점은 앞서 언급한바 전통적인 형식으로서의 서정시의 형식을 취하거나 전유하고 있다는 점이다.

이원하의 시에서 자주 등장하는 동물이나 식물 같은 자연물이 묘사되는 방식을 자아와 세계의 동일성이라는 서정시의 원리와 관련해 살펴볼 필요가 있다. 서정시에서 흔히 자연은 감정이입이나 동일시의 대상으로 제시된다. 상실한 자연과의 일체감을 회복하는 것은 자연을 노래하는 서정시의 오랜 꿈과도 같다. 그렇다면 이원하의 시는 어떠할까.

미리 찾지 못한
492번 플라밍고의 증언을 들어봅니다


"나는
희망이 죽은 자리에서 살다가 왔습니다.


슬퍼하지 마십시오.


희망이 죽은 자리엔
더 센
정신만 남습니다."
　　　　　—「자유가 없어서 희망은 시한부입니다」 부분


나는
얼마인가요


심지로 주저앉는 바람에
촛농을 밟아서
감각을 잃어버린
내 존재는 콩나물입니다


구겨진 종이를 포기로 간주하고
심금을 울리는 맥박소리에 미약해지며

젊은 날을 입안에 가둬둔
내 존재는 콩나물입니다

당신에 의해
감춰진 상태로 세상을 살아가는
콩나물입니다
　　　—「햇살은 촛불이 아닌데 왜 까매지나요」 부분

　흥미롭게도 이 두 편의 시 역시 증언 받아쓰기와 타자 되기라는 두 형식의 예시에 해당한다. 다만 '플라밍고'와 '콩나물'이라는 자연물이 타자로 등장한다는 점에서 차이가 있다. 앞서 두 형식의 공존이 북한 주민(및 탈북민과 실향민)과의 동일시와 그 불가능성에 따른 분열을 함축했다면, 이는 이 두 편의 시에 대해서도 마찬가지로 적용된다. 그의 시에서 자연물은 동일시되는 타자이자 기실 그 동일시의 불가능성을 보여주는 타자이기도 하다. 우리는 「자유가 없어서 희망은 시한부입니다」에 등장하는 플라밍고를 어느 탈북민에 대한 비유적 형상으로 읽을 수도 있겠지만, 인간이 아닌 혹은 인간이 될 수 없는 타자인 동물 플라밍고 자체로도 겹쳐 읽을 필요가 있다. 이때 플라밍고의 증언을 받아쓰는 화자는 비질(vigil)* 행위의 주체가 된다.

---

* 비질이란 동물권 단체나 활동가들에게서 이루어지는 운동의 방식

「햇살은 촛불이 아닌데 왜 까매지나요」는 "가죽으로 뒤덮인 산을 오르내리고/ 죽음의 순간을 건너다가 되돌아오고/ 되돌아올 때 악어에게 먹히지 않"은, "운이라는 단어는 들어본 적 없고/ 겪어본 적도 없으니/ 사람이 아닌 건 건 확실"하다고 말하는 화자-콩나물의 발화로 이루어진 시다. 이 시에서도 마찬가지로 콩나물이라는 비인간 타자는 인간에 미달하는 존재로 여겨지거나 인간으로 대우받지 못한다는 점에서 탈북민의 형상과 겹쳐 그려진다. 화자는 타자 되기라는, 완결되지 않는 불가능한 동일시를 통해 발화하며 "감춰진 상태로 세상을 살아가"야 했던 존재의 목소리를 가시화하고 증언한다.

이처럼 이원하의 시는 자연물에 구체성과 역사성을 가진 존재의 형상을 덧입히며 분열된 동일시의 욕망을 보여줌으로써 서정시의 형식을 전유한다. 앞서 말했듯 이 동일성이 사회적으로 외화된 형태가 통일이라는 점을 생각해본다면 그의 시에서 암묵적인 지향점으로서의 '통일'은 서정시의 형식을 필연적으로 요구했을 것이라고도 말해볼 수 있겠다. 단 이때의 서정은 흔히 서정에 부여되는 비판들, 예컨대 자연과의 상상적인 동일시를 통해 현실을 호도하거나 외면한다는 식의 비판을 비껴간다. 이원하의 시에서 서정이 '통일'

---

으로, 주로 도살장 등에 찾아가 동물이 경험하는 폭력을 기록하고 대신 증언하는 행위를 뜻한다.

에의 정치적 원동력이 될 수 있는 것은 분열적 위치, 즉 차이에 대한 자각이 바탕이 되어 타자와의 동일시가 어디까지나 불가능한 수행으로 거듭될 수밖에 없을 뿐임을 형식적으로 구현하고 있기 때문이다.

시집 마지막에 수록된 「혈연/자연/향연/다들 좋아하지 않나요」에서 "얼굴을 보면/ 손 한번 잡아보면/ 냄새 한번 맡아보면/ 하나임을 부정할 수 없는" 존재들, 그럼에도 "사각지대"에 놓여 우리가 '우리'라고 생각해오지 않은 존재들을 직면할 것을 호소하는 마지막 대목은("사각지대에서/ 피고 지는 연을/ 언제쯤 바라볼 것인가요?") 이번 시집에서 동일시의 바람을 직접적으로 표현하는 대목 중 하나다. 살펴본 바와 같이 이원하의 시에서 '우리'는 혈연에 국한된 것만이 아니라, 억압받고 소외된 비인간 타자들까지 포함하는 공동체이자 바로 그들을 '우리'라고 명명하면서 그들과 동일시되고자 하는 불가능한 시도의 반복을 통해 현실화되고 경계가 변화하는 수행적인 공동체이기도 하다. 기실 '우리'가 "하나임을 부정할 수 없"다는 필연성은 사실보다는 믿음의 영역에 놓여 있다고 해야 할지 모른다. 그럼에도 때로 한 개인을, 나아가 한 사회를 변화시키는 강력한 동인이 믿음이라고 한다면, '우리'의 필연성에 대한 믿음은 '우리'의 도래를 촉진할 수 있다.

마지막으로 적어두고 싶은 것은 이번 시집을 여는 '시인의 말'이다. '시인의 말'에서 시인은 "대한민국 헌법 제3조에 따르면/ 탈북민이/ 손에 꽃을 쥔다는 건// 취득이 아니라/ 회복이다"라고 쓴다. 헌법을 시로 다시 쓰는 결의를 내보인 시를 얼마 만에 읽었던가? 시인은 탈북민의 손에 쥐어진 꽃에서 회복의 가능성을 본다. 분열이 오히려 자연화된 것으로 여겨지는 이 시대의 정치적 난맥을 헤쳐나가는 데 더욱 필요한 것은 어쩌면 탁월한 정치가가 아니라 회복을 꿈꾸는 시인일지 모른다. 물론 그 과정은 매우 더디고 미미할 것이다. 하지만 시인의 문장을 다시 한번 빌려 이렇게 말해본다. "우리의 화해가 더디다고 생각되는데/ 개화 기간이 길수록/ 향이 진해진다고 믿습니다"(「한 칸 띄어쓰기 된 사이도 있습니다」).

**이원하** 2018년 한국일보 신춘문예로 등단했다. 시집으로
『제주에서 혼자 살고 술은 약해요』가 있다.

문학동네시인선 249
**이별이 올 때 봄도 오는 겁니다**
ⓒ 이원하 2026

초판 인쇄 2026년 4월 10일
초판 발행 2026년 4월 20일

지은이 | 이원하
책임편집 | 최예림
편집 | 김봉곤
디자인 | 수류산방(樹流山房) 본문 디자인 | 이원경
저작권 | 박지영 형소진 주은수 오서영 조경은
마케팅 | 정민호 서지화 박치우 한민아 왕지경 이민경 정유진 정경주 김혜원
　　　　김예진 이서진
브랜딩 | 함유지 이송이 박민재 김하연 신은서 이준희
미디어콘텐츠 | 함근아 김은솔 박다솔
제작 | 강신은 김동욱 이순호  제작처 | 영신사

펴낸곳 | (주)문학동네
펴낸이 | 김소영
출판등록 | 1993년 10월 22일 제2003-000045호
주소 | 10881 경기도 파주시 회동길 210
전자우편 | editor@munhak.com
대표전화 | 031) 955-8888  팩스 | 031) 955-8855
문학동네카페 | http://cafe.naver.com/mhdn
인스타그램 | @munhakdongne 트위터 | @munhakdongne
북클럽문학동네 | http://bookclubmunhak.com

ISBN 979-11-416-0305-2 03810

* 이 책의 판권은 지은이와 문학동네에 있습니다. 이 책 내용의 전부 또는 일부를 재사용
　하려면 반드시 양측의 서면 동의를 받아야 합니다.

잘못된 책은 구입하신 서점에서 교환해드립니다.
기타 교환 문의: 031) 955-2661, 3580

www.munhak.com

**문학동네**